À ma maman,
Merci de m'avoir si souvent emmenée à la bibliothèque quand j'étais petite…
E. F.

Pour Emily et Harriet
T. W.

18, rue de l'Ouvrage
5000 Namur (Belgique)
www.mijade.be

Traduit de l'anglais par Nelle Hainaut-Baertsoen

Titre original : The Big Book Adventure
Une création de Elephant and Bird Books © 2017
© Shutterstock pour les reproductions

ISBN 978-2-8077-0151-9
D/2021/3712/18

Imprimé en Belgique

Emily Ford & Tim Warnes

TU NE DEVINERAS JAMAIS !

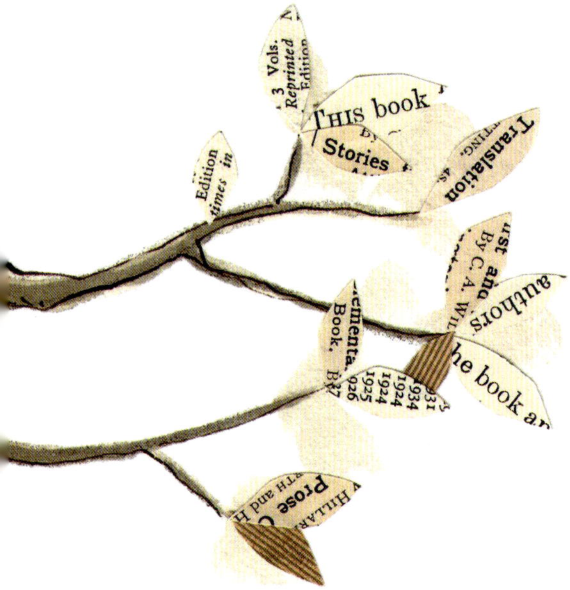

Tu ne devineras jamais
tout ce qui m'est arrivé aujourd'hui !
Tu veux savoir ce que j'ai vu,
et qui j'ai rencontré ?

Oh oui,
dis-le-moi !

Eh bien, d'abord,
j'ai vu une porte,
là, dans le tronc de l'arbre.
Je l'ai poussée, je suis entré,
j'étais au Pays des Merveilles !
Alice m'a invité à prendre le thé
avec ses nouveaux amis.

UN THÉ CHEZ LES FOUS

Un peu plus tard, sur une plage,
j'ai rencontré une sirène.
Nous avons nagé à deux
et quand nous sommes sortis de l'eau,
je l'ai écoutée qui chantait
en peignant ses longs cheveux.

DANS LA FORÊT,
J'AI REJOINT LE PETIT CHAPERON ROUGE
QUI ALLAIT CHEZ SA MÈRE-GRAND.
ET LÀ, J'AI VU... J'AI VU...
UNE QUEUE TOUFFUE !
COMME NOUS AVONS COURU !

Et après?
J'ai fait voile vers une île
où m'attendait un trésor,
un coffre débordant
de bijoux et de pièces d'or!

2
3
5
3
3
3
4
3
2
2
3
4

Ça alors!
Mais tu ne devineras jamais
tout ce qui m'est arrivé, à moi!
Tu veux savoir ce que j'ai vu,
et qui j'ai rencontré?

D'abord,
j'ai rencontré une fée,
qui, d'un coup
de baguette magique,
m'a donné le pouvoir
de voler !

Puis, j'ai construit tout seul
une fusée géante
et j'ai décollé vers l'espace.
Je tenais à participer
à la course intergalactique,
et c'est moi qui ai gagné !

Soudain...
!
Clic !
> Accélération supersonique activée <
!

Alors un terrible dragon
m'a emporté sur son dos.
Il rugissait,
crachait du feu,
mais moi, je n'ai pas eu peur !

Comme j'avais une petite faim,
je suis entré chez trois ours
pour y prendre le goûter…
Mais ils étaient très mal lunés !
J'ai filé sans me retourner.

*H*eureusement qu'à cet instant
a surgi un tapis volant !
Il m'a emmené haut dans le ciel.
Et tu sais quoi ?
Tu étais là,
avec moi !

Dis donc, quelle journée !

La tienne a l'air super aussi !

J'aimerais bien voir, moi aussi, toutes ces belles choses que tu as vues.

Rien de plus facile !
Tu sais ce qu'on va faire ?

Tu me prêtes tes livres…

… et moi, je te prête les miens.

Merci !
Merci !

BAG